Filippo Lanna

Salem mai più caccia alle streghe

Youcanprint *Self-Publishing*

Titolo | Salem mai più caccia alle streghe
Autore | Filippo Lanna

Immagine di copertina a cura dell'autore

ISBN | 978-88-92635-79-1

Youcanprint Self-Publishing
Via Roma, 73 - 73039 Tricase (LE) - Italy
www.youcanprint.it
info@youcanprint.it
Facebook: facebook.com/youcanprint.it
Twitter: twitter.com/youcanprintit

Prefazione

Jasmine la più giovane era l'allieva di danza del ventre di Aisha, Aisha era sposata, una sera le due donne si baciarono e si amarono, finirono a letto insieme, i loro sguardi erano troppo palesi per poter dire di non amarsi e mossi da un desiderio irrefrenabile si amarono quella notte, quando Gurma il marito le trovò a letto le dichiarò malate e pervertite, a nulla servirono le spiegazioni della moglie, che ritrattò tutto dicendo di essere stata sedotta e minacciata da Jasmine che se non si fosse concessa a lei, la avrebbe minacciata di raccontare a suo marito che la tradiva, lei non era una lesbica, lei era sposata, non poteva essere una lesbica, per lei si sarebbe trattata solo di una sbandata ma per Jasmine no, per lei non si trattava di una sbandata, lei era giovane, non sposata e con genitori che non la avrebbero mai capita e infatti quando il marito di Aisha raccontò tutto ai suoi genitori, cominciarono le bastonate, le minacce di morte, sei malata, suicidati, le dissero, mettiti una busta in testa e muori, non la passerai liscia, dopo giorni di agonia e segregazione venne il giorno che la legge religiosa prevedeva, impiccagione fu il verdetto, l'atto di perversione omosessuale andava purificato con la morte, a nulla servì che Jasmine si dichiarò innocente, il suo sangue scorse nella città di Salem, il suo sangue pervertito, sporco, putrido, malato, gocciolò per Salem, periferia del mondo e questo episodio segnò l'inizio della fine per il mondo intero.

1

Samir, andava pescando con la sua barca, certe volte prendeva grossi pesci, altre volte magre ricompense, il mare gli ultimi anni era diventato lento, corrotto, inquinato, dal colore azzurro della sua infanzia era passato al verde giallo dei giorni di oggi, troppe persone pensava e poi ci sono i ristoranti, gli agriturismi, i mercati. Tutto ciò non giova al mare diceva. Pensava di mettersi d'accordo con gli altri pescatori per far riprodurre i pesci ma tutti erano senza cuore, tutti pensavano a loro stessi, pensavano a sfruttare il mare come meglio potevano e quando alla vecchia caffetteria tra amici si domandavo perché il mare producesse così poco gli anziani davano la colpa alla "saponina" che non faceva crescere più i pesci come una volta, i gamberi erano spariti, le aragoste estinte, di tanto in tanto qualche astice si pescava nelle nasse ma erano animali magrissimi e piccoli, ci potevi fare giusto una spaghettata, dicevano, giusto per insaporire un pò il cous cous di pesce, non certo per banchettarvi. Le chele erano così piccole che toglierne la polpa era impossibile, potevi giusto succhiarle per ottenerne il succo ed era una magra consolazione, gli africani di passaggio che non erano abituati a mangiare pesce per la fame mangiavano anche il carapace, le lische e la testa, erano neri che avevano attraversato il deserto spesso a piedi con il sogno di un Europa libera, a Samir non piacevano, le loro pelli scure e il loro odore lo infastidivano, non si considerava razzista ma ..., e quando c'è un ma sei razzista, lui proprio non li capiva, se ne stessero a casa loro, diceva e poi questa Europa, meglio stare a casa propria. Samir da piccolo non aveva mai visto un nero, ne un biondo, ne un rosso, ne un asiatico e da grande era cresciuto con la mente ottusa di chi crede di saper tutto della vita e per fortuna lui non era ne nero ne asiatico, ne gay, ne donna ne effeminato. Aveva avuto la fortuna di nascere maschio, etero, mussulmano e fedele, di non aver avuto bisogno di studiare, d'altronde non gli era mai piaciuto fare di conto, leggere, scrivere, imparare la storia e la geografia, aveva la fortuna di avere già un lavoro, il pescatore, lavoro ereditato insieme alla barca da suo nonno Camal e adesso una volta adulto, con quello si manteneva la famiglia. Viveva con sua moglie Leila, del quale era ancora innamorato e i due suoi figli Jamaal il primo come il nonno paterno di 14 anni e Gaiatrix la seconda, come quella gentilissima cameriera di quell'albergo in India durante la loro luna di miele.

Leila si trovò un po' contrariata ma decise di non dire nulla a suo marito e di far portare a sua figlia quel nome di cui lei era tanto gelosa. Leila era per tutti la donna più bella del paese, mora, alta, magra, ricordava Cleopatra, aveva però un pessimo carattere e quando le cose non andavano per come diceva lei si vendicava come poteva. Per più di tre mesi dopo il matrimonio non toccò suo marito neanche per un attimo, fino a che non gli portò dei fiori e allora lo perdonò. Amava tanto suo marito e si considerava già fortunata da averlo un marito, molte donne non avevano neanche questa possibilità ed erano costrette a vita a subire nella casa del padre, a vivere una vita peggiore della sua. Si erano sposati a 16 anni con il permesso dei genitori, troppo giovani per capire cosa vuol dire responsabilità ma decisero di provarci e ci provarono. Lei era l'Amore, con la A maiuscola. A letto era lei la padrona e come una principessa d'altri tempi, li solo a letto, amava il suo uomo ed era grata per quei due cm in più che facevano la differenza, era stata fortunata anche in questo. Il marito le permetteva giochi in tutte le posizioni, lei lo ringraziava con baci morbidi su tutta la fronte sudata, su tutto il corpo ansimante, in ogni parte del corpo ci fosse spazio per coccole e lui la ringraziava arrivandole sempre dentro, cosa che lei amava particolarmente. Le sue tette sode quando era eccitata erano sempre turgide, Samir le succhiava avido, ci sapeva fare il pescatore e lei lo ringraziava con baci che solo Iside dea della fertilità alla quale fu poi dedicata la città di Parigi (Par-Isis) era capace di dare, baci sulla guancia con quelle labbra carnose, baci sula bocca, sulle orecchie, nel naso, sui capezzoli, nel sedere e ultima e non ultima baci sulle gonadi, i preferiti di Samir, li sognava spasmodicamente come fossero un coito, non che il coito lo dispiacesse ma amava farselo ciucciare da lei, sentirne il risucchio, sentirne le labbra carnose avviluppare la cappella, tutto di lei gli ricordava quei pompini meravigliosi che lei gli regalava nei momenti di difficoltà e Samir si ripeteva, questo è vero amore.

2

Quando nacque suo figlio Jamaal in quella casa ai bordi del mare, Samir era fuori a pescare, di ritorno quando la levatrice glielo mostrò, vedendo quel piccolo cucciolo d'uomo, si commosse, pensò a quanto lei avesse sofferto, se lui fosse in condizioni di toccare quel piccolo batuffolo di fronte a lui senza ferirlo, la paura di farlo cadere era sintomo che lo voleva già di un bene immenso, un giorno quell'ometto sarebbe diventato lo sventratore di papere e quando innamorato di una bella donna, quel piccoletto avrebbe continuato il suo cognome Al Azred. Ripensò a quando sarebbe diventato un aiuto pescatore, di questo aveva bisogno Samir, la gioia fu immensa, stesso dicasi per Gaiatrix, una bocca da sfamare, un matrimonio da organizzare, una dote da pagare, diceva di amare entrambi ma mentiva a se stesso, il suo preferito era il primogenito, il maschietto, quello col pisellino, ogni parola di Jamaal era il verbo divino per lui. Ogni parola era oro, la donna doveva trovarsi un marito e generare il suo seme, quello era il suo scopo.

3

Jamaal crebbe forte e sano, come figlio di un pescatore aveva i muscoli al posto giusto e la magrezza di chi mangia pesce tutti i giorni, le ragazzine lo adoravano e sognavano per loro di poter essere impalmate da lui. Lui non era interessato alle ragazzine e si divertiva a giocare con Antoine suo cugino, nuotare, fare i tuffi d'estate, giocare a pallone d'inverno, se c'era una persona che Jamaal potesse chiamare amico, quello era Antoine, sempre insieme, Jamaal confidava a Antoine che da grande se ne sarebbe andato da quel buco di mondo, sognava cosa ci fosse oltre il mare, guardava con invidia gli africani che andavano in Europa e avrebbe voluto tanto visitarla quella misteriosa Europa di cui tutti parlano. Antoine c'era nato, quando suo padre lavorava in Francia, ora però il padre era in pensione e si era ritirato nel suo paese d'origine. Della Francia ricordava i grandi alberi, i parchi dove si giocava, le gemelline bionde Annette e Francoise che tutti i giorni giocavano nel parco. La mamma non ce l'avevano, avevano solo questo padre single, di cui sparlavano gli adulti ma ai bambini era indifferente, l'unica domanda che Antoine fece loro era, "ma senza la mamma chi si occupa di voi?"

"si occupa papà e poi abbiamo la tata, risposero all'unisono" " ah ok" per Antoine il problema bimbi senza mamma non fu più un problema, mentre la tata porgeva alle gemelline aranciata e panini caldi dal termos, sognava di avere anche lui una tata, assertiva e silenziosa e che si faceva voler bene, quella sua mamma certe volte era insopportabile, non capiva come papà riuscisse ancora a sopportarla, l'amore era finito da anni e quel matrimonio si reggeva in piedi ormai solo come obbligo coniugale. "mamma prendiamo una tata anche noi?" "non ce lo possiamo permettere!" "ma mamma non è giusto! Non ci torno con te a casa, voglio stare con la tata", schiaffo, fine del discorso! Certe tate meritano dei figli e certe mamme no, mai generalizzare.

4

Quell'estate a Salem fece particolarmente caldo, una superestate, un caldo così non si era mai visto prima. Samir e famiglia quell'estate non riuscirono a dormire, tutto sembrava bruciare, il corpo come il cuscino, le lenzuola come il materazzo, l'unico refrigerio era il muro e il pavimento ma non bastava a mitigare la sensazione di calura, deciso a trovare una soluzione come aveva sempre fatto si getto nel mare, salato come non mai e caldo come un brodo e fece la stessa cosa i giorni successivi per tutto il mese, quel mese non riuscì a chiudere occhio, l'infestazione di zanzare fece il resto, "ma da dove vengono tutte queste zanzare?" Incubi lo pervasero che perfino in mare le uova di zanzare riuscivano a compiere il loro ciclo fino a quando non venne l'autunno e il mare si cominciò a rinfrescare, le zanzare quelle erano addirittura aumentate ed erano fastidiosissime, solo con una zanzariera sul letto si riuscì finalmente a riposare in casa Al Alzred poi un tiepido inverno, poi l'inaspettato.

5

Samir vide di mattina passare in alto nel cielo tanti aerei supersonici, questi aerei lasciavano scie che oscuravano il cielo rendendo più nuvoloso e abbassando la temperatura, "ma cosa combinano quelli del nord?" si domandava, per Samir quelli del nord erano tutti quelli che non erano Tunisini, anche gli americani per Samir erano quelli del nord, perfino i giapponesi, per lui il nord e il sud era una netta via di demarcazione tra Salem e il resto del mondo, tutto era nord tranne gli africani, quelli erano del sud. Dopo pochi giorni un pomeriggio cominciò a piovere, in lontananza una nuvola nera come non si era mai vista e dopo aver cenato con una magra cena a base di pescato e pomodori, Samir si mise a letto ripensando agli aerei, alla nuvola e allo zampino di quelli del nord. Samir e Leila si svegliarono quella notte senza riuscire a chiudere occhio, tremando per il gran gelo. Lampi e tuoni come non si erano mai visti, forte vento e cielo nuvoloso come se le nubi fossero in guerra passarono in rassegna tutta la notte, dopo poi la lunga pioggia lo stesso mare e le onde smisero di fare rumore, un silenzio innaturale pervase nella casa, "il mare ha smesso di funzionare" disse Samir, d'inverno il mare mitigava il clima e non c'era mai stato bisogno di un camino, di legna, di fuoco. Quello stesso inverno il fresco sembrava non arrivare più e poi di improvviso il superinverno, tutta la notte avvenne una cosa che a memoria d'uomo non era mai capitata, venne a nevicare, il mare non più generatore di onde si ghiacciò, gli abitanti della casa costretti nei letti dal troppo freddo iniziarono a tremare, domandandosi che fosse e senza riuscire a chiudere occhio, cercando di coprirsi come meglio potevano, chiudendo serrande e porte che sbattevano dal grande vento, "che diavolo stanno combinando su al nord?" chiese Samir a sua moglie Leila, "non ne ho proprio idea" rispose lei, "ma sicuramente nulla di buono!"

6

la mattina seguente un sole pallido, un mare ghiacciato e una bianca distesa a vista d'occhio fu la scena che tutti a Salem videro per la prima volta, i bambini giocavano con la neve, alcuni camminavano sul ghiaccio, altri erano ancora troppo occupati a trovare vestiti caldi per accorgersi di quello che era avvenuto intorno a loro, le barche nel ghiaccio si erano spezzate e affondate e di quelle più grosse e più a riva potevi intravedere ancora gli alberi più alti tra il glaciale campo.

" Ma che è successo?" chiesero Jamaal e Gaiatrix.

"è successo che quelli del nord ora ne hanno fatta una proprio grossa!" risposte Samir,

"di Che parll?"

"pochi giorni fa sono passati con gli aerei e da allora tutto è sconvolto!"

"e come avrebbero fatto?"

"hanno oscurato il cielo con certa roba chimica, non so dire altro ma da quando sono passati quei stramaledetti aerei, qui non si è capito più niente!"

"Ma è così divertente, questo è un regalo dovremmo preoccuparci?"

"assolutamente si!!" rispose il padre, "questo non è un regalo figli miei, questo è l'inizio della fine".

"ma come la fai tragica, esagerato, ci adatteremo!" rispose Gaiatrix ma come al solito nessuno l'ascoltò.

Samir in cuor suo cominciò a covare il desiderio di andare a parlare con quelli lassù, un desiderio che non aveva mai avuto in vita sua, immaginava che fine orrenda facevano gli africani che andavano a nord, tesi avvalorata dal fatto che nessuno tornava indietro per raccontarlo, un pò come la morte e Samir aveva il terrore della morte, nella sua mente si affollavano brutti pensieri di africani che venivano divorati dai bianchi o scomparivano nel silenzio generale, mai e poi mai sarebbe andato a vedere dove fossero finiti, la sua vita di villaggio gli andava ben più che bene e poi qui aveva l'amore di Leila e questo gli bastava, a suo figlio Jamaal no, sognava grattacieli, boschi, campi sterminati, gente di ogni genere e tipo, il padre e la madre erano l'unico ostacolo che lo fermava, voleva visitare quei posti che Antoine suo cugino gli raccontava ma sua madre da solo non lo avrebbe mandato mai, sarebbe morta di crepacuore piuttosto che vederlo lontano da casa e suo padre non gli avrebbe mai dato il permesso, restava solo la strada dello sposarsi ma a Jamaal le ragazzine del villaggio non piacevano, guardava le foto delle modelle che gli ricordavano sua madre e avrebbe voluto scappare però Jamaal era cresciuto troppo onesto per dare un colpo di questo tipo alla sua famiglia, quindi restava e sognava, sognava di posti nuovi, di trovarsi in altre città che non fossero Salem. Sognava di viaggiare, di vedere il pianeta, di essere cittadino del mondo.

7

Nevicò altri dodici giorni e dodici notti ininterrottamente, prima di piovere, il freddo era insopportabile, di pescare non se ne parlava neanche e i prodotti della terra erano tutti bruciati, solo carote, finocchi e qualche altra verdura conservata sotto la neve si era salvata, per fortuna Leila allevava capre e galline e latte e uova non mancavano mai, si potevano fare i dolci, Leila era brava in questo e sua figlia Gaiatrix ormai aveva l'età per aiutarla, quando il dolce fu pronto un colpo di tosse,

"mamma cos'hai?"

"niente Gaiatrix, deve essermi venuto un banale raffreddore, infatti ho un po di raucedine"

Nei giorni a venire la tosse non passò, si fece secca, la notte peggiorò e dopo diversi giorni poi si fece sanguinolenta, nonostante ogni cura possibile Leila peggiorava, febbre a quaranta, diarrea e nel giro di pochi giorni fu in fin di vita, come ultima speranza chiamarono il medico migliore del paese il dottor Coriander, promettendogli due galline e una capra e il medico arrivò,

"Dottore, non c'è niente che possa fare per lei?", chiese suo marito, Samir

"si tratta di un virus che provoca la polmonite, non c'è cura di antibiotici, deve stare al caldo e al riposo, procederemo con ossigeno, retrovirali e lavaggi per idratarla ma se sua moglie non reagisce entro stanotte non c'è nulla che si possa fare"

Samir ascoltava Leila mentre vaneggiava e la confortava mentre piangeva perché non voleva morire, tutta la notte e il giorno dopo, i lavaggi vennero cambiati fino a che non rimase neanche una vena libera da poter utilizzare, il corpo rigettava la cura, prima della fine Leila ebbe il tempo di dare l'ultimo saluto ai figli e l'ultimo bacio a Samir che cominciò a piangere mentre i suoi occhi diventavano da cristallini a opachi, lei con un ultimo rantolo spirò per l'ultima volta.

Qui Giace Leila Al Mammooud.

Madre e moglie devota

1969-2016

8

Gli anni passarono, zanzare di notte, caldo torrido, freddo insopportabile, a volte tutto in un giorno, quattro stagioni in un giorno, il mare rigettava a terra i pesci che non ce la facevano, una volta perfino i delfini vennero a suicidarsi a Salem, sembrava come se il pianeta rispondesse alla morte di Leila piangendo nel solo modo in cui sapeva farlo, Samir nelle notti di solitudine piangeva per la mancanza di quella donna che tanto bene aveva fatto nella sua vita e si chiedeva dove avesse sbagliato, cosa avesse potuto fare diversamente, perché quella donna che sembrava tanto forte era in realtà tanto fragile, intanto gli immigrati continuavano a chiedere di passare dall'altra parte mentre superestate e superinverno si facevano sempre più afosi, sempre più freddi, "questa volta andrò a parlare con i grandi del pianeta!" si riproproneva Samir dopo una notte insonne, "che cazzo stanno combinando lassù?" . "Prima il mare giallo, poi le zanzare anche di giorno, poi il caldo, poi il freddo e poi i pesci morti, dove andremo a finire, quando si fermeranno?". Non finì li, nel giro di qualche anno gli oceani si innalzarono come avevano previsto alcuni scienziati e la casa di Samir Fu a rischio di essere portata via dal mare. "ora anche la casa ci volete togliere non vi basta, mia moglie, la salute e il sonno", gridava Samir agli invisibili aerei in cielo, imprecando verso quegli stupidi neri tanto desiderosi di andarsene via dal suo villaggio per trovare l'Europa. "L'Europa sta qua!" li bacchettava Samir, "li non troverete niente.""li troveremo tutto!" rispondevano.

9

Samir sognava di sua moglie, di quanto fosse bella e del suo Dio che lo chiamava ad andare verso nord, "vieni" diceva la voce, Samir non ci badava, il richiamo verso nord non era ancora così forte, Samir non era pronto, non era pronto ad andare, non era pronto a vivere, non era pronto alla morte, non era ancora abbastanza coraggioso da affrontare l'imponderabile, i neri si, quelli venivano dalle guerre e non avevano nulla da perdere, negli anni si fecero sempre più rari come se una malattia li decimasse alla fonte, "forse hanno capito che si sta meglio a casa loro" si domandò fra se Samir, fatto sta che d'improvviso il clima cominciò a rigenerarsi lentamente, le superestati e i superinverni cominciarono a a farsi sempre meno afosi e rigidi Jamaal e Gaiatrix erano ormai due adulti quarantenni con famiglie tutte loro mentre Samir invecchiava, la sua barba una volta nera, iniziava a farsi bianca, i suoi capelli a diradarsi, "ora mi piacciono quelli del nord", andrò a fargli visita prima o poi...

10

Samir mise nella barca tutto l'occorrente per il lungo viaggio, prima la frutta e l'acqua, poi verdure, pesce e carne secca e quei pochi euro guadagnati con fatica e portati nelle scarpe. Troverò di che sfamarmi arrivato li rimuginò, d'altronde se ci riescono gli africani perché non dovrei farlo io. Posò tutto, salutò figli e nipoti e partì per il suo viaggio. Il mare era calmo, il vento era favorevole. Dal deserto soffiava un vento caldo. Vieni diceva il mare, una voce nella sua testa e Samir adesso era pronto. Nessuno era più partito da quando il clima era cambiato. Nessun gommone partiva più da quelle sponde, nessuno a cul chiedere come andavano le cose e come fosse l'Europa. Un viaggio letteralmente verso l'ignoto.

11

D'improvviso quella notte ci fu un acquazzone, il mare agitato sembrava voler vomitare quella piccola imbarcazione, fulmini rossi in lontananza divamparono sul mare in tempesta, il fragore era inimmaginabile, quando Samir decise che era intenzionato a tornare oramai era troppo tardi, un enorme rosso maaelstrom si era formato di fronte a lui. Samir era terrificato, mai aveva visto il mare aprirsi con una tale violenza, raggelato dalla visione di quel vortice, tentò con tutte le sue forze di remare, ma fu impossibile, le correnti lo portavano dritto verso di esso. Un centro di gravità, un rosso ponte di Einstein-Rosen lo avrebbe condotto verso un mondo diverso, un pianeta proibito, un futuro possibile forse, Il vento fece spostare la vela e Samir colpì il ramo dell'albero così forte che svenne, cadde in mare e nulla più ricordò di quella tempesta che lo chiamava.

La trans nuda dalle morbide tette a poppa e dal grosso uccello fu la prima ad accorgersi nella calura estiva di quella sagoma scura sulla spiaggia bianca che il mare aveva portato quel giorno, "che bel regalo ha portato oggi il mare, un uomo!" disse fra se. Lo guardò, lo studiò scrupolosamente, lo vide respirare, capì che era vivo e lo trovò un bel esemplare di uomo, provò compassione per lui ma curiosità soprattutto e così col la velocità e la bravura della quale era padrona, gli sbottonò la patta e alla vista di quel ben di dio, di impatto gli fece una sega. Il cazzo di Samir si induriva sempre più, alla stessa velocità di quello di lei e mentre lei lo prendeva in bocca Samir sorrise, ricordava tra se di Leila sua moglie, dei suoi baci orali e di come fosse brava, aprì gli occhi e quando vide Andrea avventato sulla sua cappella che si toccava il cazzo duro, trasalì spaventato, tirandola via dalla cappella turgida. "chi cazzo sei?" disse. "Buongiorno anche a te cicciolino mio e ben svegliato, io sono Andrea!" Rispose. "ma sei un frocio di merda, mi fai schifo", "tesoro, tu dici no ma il tuo corpo dice si, deciditi","dalle mie parti i froci come te muoiono e ora devi morire!" l'afferrò al collo e tentò di affogarla, lei a mani nude provò a liberarsi e riuscì a scappare gridando "siamo essere umani, siamo essere umani!" e sparì.

Ancora intorpidito dal grande sonno, Samir si ricompose cercando di capire cosa fosse accaduto, "la mia prima esperienza in Europa, un pompino da un frocio! Cosa altro mi aspetta?". Pochi minuti dopo sulla spiaggia arrivarono i droni a fare compagnia a Samir, "identificati e metti bene le mani in vista", "Chi parla?" "Siamo qui, nelle macchine". "Macchine così piccole guidate da persone ancor più piccole, chi se lo sarebbe aspettato" pensò Samir. "Ehm… mi chiamo Samir Al Azred e vengo dalla Tunisia, oltre il mare giallo." Per un po ci fu silenzio, dalla sala operativa la macchina della verità aveva decretato, Samir stava dicendo la verità. "come è possibile?" Il poliziotto Jake chiese alla sua collega Ambra "oltre il mare aperto, distese di nulla per centinaia di kilometri, solo i pirati pastafariani solcano quelle acque e nessuno li ha mai visto ne sentito di questa Tunisia", "può darsi che si tratti di un manipolatore di verità, non credi? Magari mente e ha imparato col tempo a ingannare la macchina, non ti pare?.""Può darsi di si e può darsi di no ma dobbiamo almeno indagare da vicino. Non è mai arrivato nessuno su queste spiagge e la cosa alquanto strana e come si sia comportato con la signorina Andrea, quest'uomo è un bruto, sembra non aver avuto nemmeno un educazione civile, non sembra conoscere nemmeno le basilari regole del vivere comune, ha minacciato di morte la signorina Andrea solo per un pompino, immagina come reagirebbe vedendo baciarsi due uomini o se conoscesse il nostro primo ministro lesbica, ha attitudini omicide, l'omicidio qui da noi non esiste da secoli, quanti morti pensi possa fare uno come lui? Credimi uno come lui è pericoloso, dobbiamo subito arrestarlo!"

14

Samir aspettava impaziente sulla spiaggia che dalle macchine uscissero gli omini che parlavano, "forse non escono perché hanno paura di essere schiacciati" pensò fra se. L'aria si fece ventosa, sentì un fragore simile a una grossa zanzara e dopo scese dal cielo un elicottero biposti leggero. Vestiti di grigio e con un taser a fianco scesero Jake e Ambra, i due poliziotti con cui aveva parlato prima. "Salve, signori la pace di dio cada su di voi", si guardarono tra loro accigliati, sorridendo allo sconosciuto. "Cosa vuol dire pace?" risposero "la pace e sinonimo di amicizia e la guerra è il suo contrario","non conosciamo la guerra ma grazie, qualunque cosa significhi e che il mostro di spaghetti volanti approvi quello che dici e ti toccherà con la sua spaghettosa appendice", " un altro pastafariano che crede in simili sciocchezze dissero fra loro, chissà cosa si sarà fumato. Eppure è ancora lunedi...la loro festa è il venerdi"

15

Samir era incredulo e affamato, aveva detto la verità eppure sembravano non crederlo, si gettò in acqua e velocemente raccolse tre ricci e li ingoiò come non ne avesse mai mangiati. "ma cosa sei?" disse Ambra, Jake era sconvolto con le mani in testa. "non sai che i pesci stavano lentamente estinguendosi? Nel silenzio generale. Solo l'inventore delle proteine replicate ha fatto si che i pesci tornassero e fu così bandita per sempre la loro pesca. Ammazzare animali in estinzione è un crimine punibile alla stregua di un danno ambientale. Dopo quello che hai fatto devi venire con noi". "un crimineeeee"rispose Samir. "Adesso nutrirmi è un crimine, che altro scoprirò l'aria è a pagamento? Mah."

Ebbene si , mari e terre di questo pianeta furono lentamente portate all'estinzione, delle 7000 specie di importanza alimentare 2000 erano state completamente compromesse, non c'era nessuno che si prendesse loro cura, furono fatte delle leggi ma non bastavano, il destino di alcune specie era segnato. Si dovette arrivare al carcere, pochi giorni per aver assaggiato carne e pesce pescato fuori norma, solo col tempo e lentamente il mare si riprese come la terra, ma ormai ciò che era perso era perso. Lo nutrirono, tofu e sushi riprodotto, il sapore non era male, dopo alcuni giorni vennero degli esperti, fecero analisi e vollero sapere come fosse arrivato la, egli gli spiego di quel fulmine rosso che tanto li incuriosiva, loro sembravano molto presi dal suo racconto finirono di analizzarlo e se ne andarono. Poi vennero gli scienziati, quelli veri con macchine strambe, un uomo venuto dal nulla, questo dicevano i telegiornali, Samir divenne famoso, passo dal carcere a una bellissima casa e certi giorni doveva solo raccontare la sua vita in qualche trasmissione, così finì per incontrare Giulia Becoupe presidentessa di fantalandia. "buongiorno Samir, ti andrebbe di cenare con me?" "si Giulia presidentessa" Samir non aveva mai cenato con una figura così importante. Portò una pianta, magari sarebbe cosa gradita per Giulia.

"buona sera Samir e benvenuto nella mia umile casa" disse Giulia nel gran open space sul mare dove viveva. "ti presento Eleonora mia moglie", "è un vero piacere" disse Eleonora. Samir non aveva mai assistito a una cena lesbica. "Grazie dell'invito" rispose, sconvolto dal bacio che si diedero entrambe.

"ti ho preparato questo cielo con un po di nuvole per il tramonto perfetto." Magnifico, cosa intendi per preparato? L'hai fatto tu?" "Si,I capi del nostro stato possono modificare il clima quando vogliono o ne hanno bisogno, così i deserti non esistono a meno che non si decida di procurarseli!" "i deserti hanno un loro fascino, ma penso che la cosa migliore sia coltivarli" disse Samir. Eleonora di mestiere era la donna che decide quando è il momento giusto per raccogliere o far maturare i frutti. A un suo cennò, i produttori potevano andare nei campi e iniziare la raccolta. Tutto era saporito perché bisognava rispettare le analisi, gradi brix, ph, se le analisi non erano perfette, niente raccolto. Andava in biomassa e diventava biogas. Gli insetti buoni combattevano i cattivi, i funghi patogeni con la resistenza delle piante e tutto ciò era interessante per Samir, "se sua moglie avesse avuto qualche seme di queste terre qualche insetto e tanta acqua avrei smesso di fare il pescatore…"tutto finì con tante risate. "puoi restare qui se vuoi, nella camera degli ospiti" Samir accettò. Erano le tre quando Samir non riuscendo a chiudere occhio decise di andare a girovagare per casa, fuori la porta semiaperta di Giulia e Eleonora, vide Giulia che succhiava una tetta a Eleonora per poi scendere giù fino al buco. Samir a questo spettacolo, si eccitò, Giulia le ricordava troppo sua moglie e scatto dentro di lui una molla che si indurì, entrò accendendo la luce e gridando "eccomi, ora fate di me quello che volete". Le due alla vista di quell'asta dura si misero il pigiama, cominciò a piovere e Giulia volle parlare con Samir. "Samir vedi a questo mondo ci sono cose che ad alcuni piacciono e ad altri no, l'esempio della fragola e della banana, sono buone entrambe ma alcune piacciono le fragole e altre le banane, non puoi gridare banane in un negozio che fa solo fragole mi capisci?" Samir annui. Pensò di aver capito e tornò a letto.

18

Il giorno dopo Giulia fu impegnata con affari di stato e Samir e Eleonora uscirono per andare a vedere la città. Niente fu come se lo era immaginato. Pastafariani in ogni dove, certi andavano in giro col crocifisso e certi altri senza scandalo col burka, tutti però potevano cambiare idea quando se la sentivano. Una famiglia di due donne e quattro carrozzine lo sconvolse particolarmente, "i mariti?" Eleonora rispose tranquillamente, "i mariti semplicemente non ci sono. Le donne possono scegliere o meno di conoscerli o farli conoscere ai bambini. Per i single l'aspetto tecnico è un po più complicato, ma la legge aiuta, I single possono decidere di adottare o di ottenere un figlio in base alla disponibilità di donne surrogate e crescere loro figli biologici o figli scelti in base alle loro caratteristiche genetiche, ricordo quella famiglia Carlo e Lucia entrambi down, scelsero per loro un figlio che non lo fosse. Oggi finiamo con il monumento contro l'omofobia, una donna con in mano il pianeta, chi fosse quella donna Samir lo ignorò, nei secoli passati, gay, lesbiche, trans e bisex, dovettero provare a causa degli etero un sentimento che non gli apparteneva: la vergogna! vergogna di chi si è, vergogna di cosa si fa, vergogna di come si fa ecc, esistevano perfino centri convinti di poter curare la sessualità deviante, violarla, deprivandola dei diritti più semplici, ridendo di lei. Ci furono ribellioni allo stone wall, si fecero marce di solidarietà, molti morti da entrambi i lati, finchè essere gay o etero fu come essere nocciola o azzurro, si lottò molto per farsi capire ma poi uno spiraglio di luce una legge contro l'omofobia, una per il matrimonio, una legge per il cambio di nome e genere sulla carta di identità senza dover passare da un atroce operazione sterilizzante, le battaglie furono molte e i bigotti tanti, ma alla fine vinse il buonsenso. Nell'altra mano due bocche si baciavano, nessuno poteva dire di chi fossero, ognuno è come è."

"bentornati" disse Giulia di ritorno a casa. "Samir, come va? ho preso l'anguria di pesce, credo ti piacerà, ne faremo un po sushi e un po cotta". Samir trovò l'anguria una specialità e tentò di conservarsi i semi per seminarla un giorno a casa sua. "Non mi stai prendendo in giro, è proprio anguria ?" "si, rappresentanti di pescatori e tecnici fecero partire questa ricerca tanto tempo fa, trovarono un modo per uguagliare pesce e anguria e ci riuscirono prima dell'estinzione totale dei pesci. Che nel frattempo venivano conservati in ogni modo, dna o vasche, ora però andiamo a dormire perché siamo stanchi dal lungo camminare".

20

"Buongiorno Samir" disse Eleonora, accendendo la televisione e la centrifuga. "da dove prendete l'energia?" disse Samir, "dipende, dalle onde, dal vento, dal sole, dal calore della terra, tutte le fonti rinnovabili che esistono vengono usate, abbiamo abbandonato l'idea di riempire l'aria di CO_2, ora il pianeta ringrazia. Lo stato paga chi rimbosca e nelle città ogni angolo libero ha una sua pianta che andava estinguendosi. Ogni spazio ha un suo albero e ogni albero ringrazia."

"come la mettiamo con i bambini? Cioè siete due donne, come potreste procreare?" disse Samir. "Le donne etero e gay procreano come vogliono, alla vecchia maniera o aiutate dalla tecnologia, chi non trova un marito può decidere di trovare un donatore, anonimo o conosciuto, adottare è molto facile e richiede tempi molto stretti, perfino i single possono accedere alla procreazione e i dirò di più, spesso sono i genitori più bravi, non hanno nessuno con cui litigare tornati a casa e il loro unico problema è decidere se mettere la fibra veloce o la superfibra." Rispose Eleonora. "non avete bambini? Disse Samir. "di alcuni siamo madri surrogate e abbiamo ancora contatti coi padri che non potevano averne ma ne erano bisognosi, abbiamo qualche ovulo congelato, quando sarà il momento avremmo dei bimbi tutti nostri, non escludiamo adottarne uno, ma è già difficile fare da mamma ad uno tuo, figuriamoci gli atri, se non sei portato ad avere bambini, rilassati, è normale, lo stato te li toglie e decide per loro cosa sia meglio, è doloroso ma necessario".

Samir, ascoltava Eleonora con attenzione pensando alla Tunisia che aveva lasciato, così ottusa, così diversa da quel mondo. Pensava a Giulia così bella e così simile a Leila sua moglie, due donne così simili eppure con una testa così diversa. Non era facile farsene una ragione, era così e basta, Giulia cambiava il cielo con un dito, eleonora cambiava i cibi con un tocco, Becoupe l'una, Orlande l'altra, Samir conosceva per un caso fortuito che uno dei due cognomi fossero vicini alla sua terra, quindi di origine estera, tutto ciò che è bello ha un che di misterioso, di straniero. Samir guardava Giulia e i due sorridevano, cominciavano a capirsi i due.

23

Giulia e Samir seduti nel salotto, era ora di chiacchierare su chi fosse l'estraneo. "Samir, come sei arrivato qui?" "ero in barca, ho affrontato una tempesta, una tempesta di fulmini rossi, sono caduto ed eccomi qua", "cosa ricordi di quel momento?" "Nulla anzi, il domatore di elefanti si, l'uomo dai capelli rossi e la sensazione che per gli elefanti fosse un dio, ma per loro era un dio odioso e malevolo, un dio che li minacciava con topi e siringhe se non avessero fatto ciò che voleva lui, lui degli elefanti sapeva tutto, aveva scoperto che erano in contatto col mondo onirico animale e potevano decidere se far accedere o no a qualcuno nel mondo dei sogni. Non accedervi significava non dormire, essere distratti il giorno dopo e lui, il domatore di elefanti la notte dopo, col gran sonno poteva entrare in casa tua indisturbato, minacciando il soggetto in ogni modo senza che si svegliasse, terrorizzandolo su cosa andava fatto e cosa non spesso il soggetto smetteva procedere a quel progetto terrorizzato da questi terribili incontri di cui nessuno riusciva a credere . La minaccia perfetta. Poi c'era la carne di elefante, gli elefanti erano disposti a odiare tutti coloro che ne mangiavano, il domatore lo sapeva e usava questa carne e sangue mettendone un pò cotto o crudo dappertutto, nel caffè o in polvere nel cibo che il soggetto beveva o mangiava, gli elefanti lo capivano a chilometri ed era fatta, il povero soggetto non avrebbe dormito tutta la notte, colpito da sudore e incubi senza riuscire ad accede allo stato onirico, il giorno dopo riposando stanco era alla mercè del domatore di elefanti che per lui decideva la sua sorte.""Voglio crederti," disse Giulia "gli elefanti si stavano estinguendo, andrò a parlare con loro, non sono molto chiacchieroni ma hanno una buona memoria, chissà che qualcuno parli"

24

In una prateria:"Sono Giulia, il capo degli umani, chi
è il vostro domatore?"

Silenzio poi una voce: "Avevamo un capo un tempo,
un dio buono, poi si sostituì ad esso un dio spietato,
malvagio, che ci terrorizzava con animaletti spaven-
tosi e soprattutto siringhe, la cosa più spaventosa di
questo mondo, bastava la sua immagine per spaven-
tarci così, quando un uomo buono decideva di fare
qualcosa per il pianeta, lui ci costringeva a terroriz-
zarlo, il pianeta era cambiato per colpa sua, le fore-
ste bruciavano, gli animali si estinguevano, i pesci
morivano, la nostra carne e il nostro sangue veniva
bevuto e questo per un elefante non poteva essere
tollerato, così lo abbiamo seguito, seguito per anni,
non capendo a cosa ci portasse, un giorno un ragaz-
zo, Filippo ci parlò, spiegò a noi con le sue immagini
che seguivamo il dio sbagliato, Filippo ci mostrò di
essere il figlio del domatore, solo il figlio del domatore infatti può decidere per lui. Filippo ci disse che
suo padre era impazzito e che ora era lui il dio per loro, un dio che senti di voler bene non di odiare e come prima cosa ci liberò e liberò ognuno di noi fra le
montagne e poi ci disse di non avere più paura del

padre, di non seguirlo più e così facemmo, bisognava ostacolarlo e ogni singolo elefante lo ostacolò, gli elefanti guardando la foto di Filippo provarono amore, amore per se stessi, per gli altri animali e per il benessere del mondo, Filippo fece capire che chi mangiava o beveva il loro sangue lo faceva obbligato dal domatore, finalmente così si poteva fare qualcosa per questo mondo, un sogno riparatore doveva passare di mente in mente, ognuno doveva fare la sua parte, ecco cosa facemmo, la nostra parte, cercammo nel mondo e trovammo un evento significativo che andava cambiato, chiamammo a noi l'unico in grado di farlo e lo portammo nel tempo a vedere cosa sarebbe accaduto se niente fosse cambiato. Il tempo nei sogni non esiste, il pensiero è la grande macchina del tempo che abbiamo. Dove saremo tra dieci anni? Ecco che il pensiero arriva in un posto mai visto prima. Dieci anni, venti anni, duecento anni, il pensiero ci arriverà sempre."

Giulia "adesso che Samir ha conosciuto il futuro, è ora che torni nel passato. Costruiremo una barca per lui, una che lo riporti nel passato indenne, a spiegare come vivere e come sopravvivere."

Samir, guardava la tv quando Giulia arrivò a casa. "Samir tu dovrai essere il nostro faro, dovrai tornare a casa e spiegare a quelli del passato come essere come noi. Questi giorni che hai passato con noi saranno il tuo punto di partenza, studierai poi ecologia, chimica del suolo, fertilizzazione, irrigazione, biologia marina, tecniche di comunicazione efficace, riproduzione e tutte quelle basi che ti serviranno a salvare il pianeta, tornerai li e lo salverai". Samir " mi sembra giusto ora tornare a casa, farò come dici."

Samir dopo mesi di studio temeva di dimenticare qualcosa qualora ne avesse avuto bisogno, lo dotarono di semi più svariati, di una tuta blu da tecnico piena di nuovi marchingegni da portare agli scienziati per fermare il global freeze and warm, di indirizzi dove andare e di progetti da presentare, ovviamente la barca era piena ma, dovette imparare tutto a memoria perché la barca probabilmente non avrebbe superato il ponte di Einstein-Rosen , un pescatore con la mente piena di concetti tecnici, andiamo proprio bene. Eleonora lo salutò baciandolo sulla bocca eheheh, non esattamente come si fa con una sorella tutto il popolo unito guardava su ogni dispositivo, il ritorno di Samir, ormai famoso per tutti e Giulia abbracciandolo disse "Samir finalmente ci siamo capiti." Samir disse addio rispose "ora capisco il tuo mondo come fosse il mio, grazie per avermi insegnato no alla vergogna e si alla tolleranza" e la barca salpò.

Era una giornata di sole, un mare calmo e un leggero vento, temperatura ideale per viaggiare, era questo il clima che aveva scelto Giulia per lui. Navigò a sud per cinque giorni fino a ritrovare una tempesta, anzi la tempesta, una serie di fulmini rossi si scatenarono sulla piccola imbarcazione, il mare era stranamente mosso, poi un tremore, poi un esplosione, tutto divenne rosso e poi il silenzio. Un tanfo invase l'aria, la barca non si muoveva più, tutto intorno spazzatura e lontano grattacieli illuminati, Samir comprese di essere finito nel luogo sbagliato, mise la tuta blu da tecnico, preparò lo zaino con gli attrezzi, i progetti, i semi, i funghi e gli insetti destinati a Salem e prese a camminare per la spazzatura, il mare un antico ricordo, se ne sentiva l'odore ma da lontano, tutto era peggiorato. Raggiunto il viale lo percorse, entrò in un negozio di caffè semivuoto e ringraziò baciando a terra che ci fossero altri esseri umani come lui. "la pace di dio cada su di voi", "pace di dio cada su di te" risposero tutti. Samir, pensò, bene non è il massimo ma almeno sono civili. Donne e uomini erano impegnati a mangiare cous cous e un pezzo di carne di entrecote bovina. " Dove ci troviamo?" chiese Samir. "a

Salem " risposero un uomo e una donna. Samir "No, non può essere, Salem non ha grattacieli, è un paesino" rispose Giacomo" lo era , tanti anni fa fino a quando un uomo, portò con se la tecnologia per cambiarla, da allora il numero degli abitanti crebbe a dismisura, il cibo e l'acqua non furono più un problema l'energia che non era mai abbastanza fu presa demolecolarizzando l'acqua del mare e gli spazi vuoti, usati per lasciarvi la spazzatura. Studiare e trovare nuove ricerche fu considerato inutile e la scuola che non era una priorità e creava persone in grado di pensare da soli, fu bandita. Investire nella scuola significava creare persone troppo intelligenti dallo scegliere di stare in un matrimonio stabile tutta la vita, la scuola più era alta più creava tradimento, quindi nessuno ci sarebbe dovuto andare. La scuola creava felicità, cosa per cui non si poteva ammettere. Persone felici sono persone che amano il loro mondo e questo non rientrava nei nostri ehm nei disegni di dio. Ho tralasciato che le finocchie venivano e vengono eliminate perché non lasciano nessun bambino da crescere e quindi non danno alcun contributo alla società". Samir disse:"tu che contributo daresti invece alla società?" Giacomo, " io sono un uomo normale, con tendenze normali, faccio figli normali ma soprattutto vado con donne che è normale". Samir disse "hai mai sognato di stare con un uomo?. Giacomo ci pensò e disse: "No!" Samir aveva imparato le basi per la lettura mentale, ascoltò con attenzione quella risposta e capì che Giacomo mentiva. Rispose "Ok visto che ora tutti sappiamo che hai fatto sogni gay e questa volta non barare o me ne accorgerò, saresti felice a vivere tutta la vita con una donna?" Giacomo guardò di qua e di là, giù e poi su a destra e Samir a quel punto battette il pugno sul tavolo iracondo, chi doveva capire capì, Giacomo pianse e scappò via, il domatore gli aveva insegnato a desiderare questa vita di tristezza, vivendo nella paura di una punizione "ora il domatore mi punirà!"

"Chi è il domatore?" chiese Samir, tutti spaventati risposero "non lo sappiamo", Samir dovette approfondire psicanalizzandoli e scoprì che in quella terra, a scapito di tutti e nel silenzio, comandava in realtà il domatore di elefanti, decideva tutto lui così prese a camminare e riconobbe a sensazione un suo sottoposto che fingeva di lavare i vetri delle auto ai semafori. "portami da Lui" disse Samir e l'uomo trasalì, "portami dal tuo padrone" e l'uomo acconsentì. Viaggiarono in macchina fino al circo, dove elefanti spaventati erano sempre costretti a fare le stesse cose, guardarono Samir come un salvatore e Samir li salutò con un "non vi preoccupate". Seduto dietro al tavolo c'era lui, quello di cui tutti avevano paura, "ecco è arrivato un altro ricchione" Samir lo guardò e rispose "non c'è spazio per te nel mondo, devi andare via e farti da parte". "te l'ho messo nel culo, te l'ho messo nel culo!" rispose lui. "dove ti troverai tra dieci anni?" disse Samir. "A uccidere i ricchioni come te" rispose Giuseppe Grimaldi. "Perché ti piacciono i ricchioni?" Disse Samir. "A me i ricchioni fanno schifo!" da come lo disse fu chiaro a Samir che Grimaldi tempo prima era già stato con un uomo e aveva preso la sifilide, desiderava ora vendicarsi col mondo intero, un gay malvagio e con la sifilide governava in silenzio il mondo instillando la paura nel sogni che gli elefanti elargivano al mondo intero di notte, quando la gente sognava gay, il terrore di essere colpiti da una malattia venerea rendeva il sogno un incubo, tantissime persone venivano così colpite da omofobia e gli omosessuali erano così presi di mira e non più liberi di vivere una vita piena. "Io invece trovo i gay uguali a tutti gli altri" disse Samir e se ne andò aveva capito già tutto quello he c'era da capire e decise che quel posto non faceva per lui, se fosse stato possibile trovare un'altra realtà giù nel mare secco. Giuseppe Grimaldi continuava la sua tiritera, che schifo i morti, i gay sono morti che camminano, devi morire ecc."

Non resterò in questo posto un minuto in più, Samir si incamminò verso il vecchio lungomare alla ricerca della sua barca mentre Giuseppe stava mandando i mastini napoletani a cibarsi della sua carne. Lui lasciò loro qualche barretta per prendere tempo e la cosa funzionò, "Verso la tempesta " disse, "è li che devo andare.", niente mare ma solo gabbiani e spazzatura in movimento, la tempesta rossa però c'era, si lanciò sulla sua barca fino a che un fulmine rosso lo colpì e questa volta si trovò nel mare, era notte, iniziò a navigare e quando tornò accadde una cosa che nessuno avrebbe immaginato, al capezzale nel letto, Leila sua moglie. Evitò di svegliarla e farle pensare che delirasse ma le diede un bacio sulla guancia, piangendo, le mancava così tanto, erano anni che piangeva pur di rivederla, ma era stanco dal lungo cammino e si addormentò.

30

Il mattino seguente Leila stava preparandosi il vestito buono per uscire con i figli e andare al incontro di purificazione, Samil si svegliò, "dove andate?" "Andiamo al processo, tutto il paese sarà li a giudicare, c'è una giovane blasfema, dicono non sia normale, che ami le donne invece degli uomini." Samil"non è possibile è chiaro che il processo finirà salvandola",Leila "ma è una peccatrice, sicuro che vorresti salvarla, i genitori nemmeno la vogliono."Samil: "Questo è da vedersi, donna passami il vestito buono."

Nella grande piazza c'era tutto il paese, tutti a chiedersi quale sarà il decreto giusto per una fornicatrice, gli ambulanti vendono teste di agnello e fuscielle che i bambini amano, a mezzogiorno arriva l'ora di discutere del caso, l'adetto comincia a parlare: signori e signore, abbiamo qui davanti Jasmine Becoupe anni 16, condannata per fornificazione con una donna sposata, i genitori appena saputo il fatto l'hanno diseredata, non ha casa, non ha un posto dove andare", Samil sentito il cognome becoupe trasalì, vide in lei il volto di Giulia che amava tanto e nel suo stomaco qualcosa si mosse. "Qual è il verdetto?" I giudici tutti uomini non avevano che un unico spietato verdetto, lei deve morire, si tratta solo di come. "secondo noi giudici Jasmine deve morire."

"Noooooo" si sente gridare tra la folla. "Jasmine è importante, lei deve vivere", uno dei giudici, "chi parla?" " sono Samil il pescatore, Jasmine non ha peccato e ne ho le prove, vengo da un posto dove donne e uomini si amano indistintamente, se è possibile li deve essere possibile anche qui", un giudice "questo è vero ma chi la pagherà? Chi si occuperà di lei? Chi le farà da genitore?" "lo farò io", disse Samil," adotterò Jasmine!".

Sentendo queste parole Leila ebbe un mancamento, e chiese al marito "ma sei sicuro? Vuoi veramente questo? La gente parlerà di noi per tutta la vita." Samil: Stai tranquilla non parleranno di noi e anche se fosse, stiamo salvando una persona." Leila si calmò. Allora è deciso, disse un giudice, la signorina Jasmine Becoupe è libera e vivrà a casa del pescatore. Il pescatore, fu l'uno dei pochi ad applaudire ma andò bene lo stesso.

Samil vide passare Jasmine "non ti preoccupare, da ora in poi andrà tutto bene" finalmente Jasmine sorrise.

"A casa sentiti come a casa tua e non avere più paura, nessuno potrà farti più del male" disse Leila.

La vita scorse felice per Jasmine che grazie al pescatore e sua moglie ebbe una seconda opportunità, studiò e divenne un medico ricercatrice, inventando il vaccino per l'HIV e tanti altri. Dedicarono una statua a questa donna lesbica che sarebbe dovuta morire in un paese che nega dignità ad ogni suo cittadino, una statua col mondo in una mano e due cocche che si baciano nell'altra, alcuni anni dopo, Jasmine ebbe anche dei figli, adottati e provettati, una di esse la chiamò Giulia, la più grande donna dell'impero, come la Giulia della storia anche Giulia un giorno immaginerete...divenne presedente del mondo.

Così il mondo fu salvato, grazie alla scelta di un pescatore scapestrato.

Gli Elefanti Ringraziano

Finito di stampare nel mese di Novembre 2016
per conto di Youcanprint *Self-Publishing*

9 788889 263579 1